Как-то раз рыжая курочка шла по двору фермы и нашла несколько пшеничных зёрнышек.

«Я могу посеять эту пшеницу, - подумала она. - Но для этого мне понадобится помощь».

One day Little Red Hen was walking across the farmyard when she found some grains of wheat.

"I can plant this wheat," she thought. "But I'm going to need some help."

Рыжая курочка позвала на помощь других животных с фермы:
«Кто поможет мне посеять эту пшеницу?»
«Не я, - сказала кошка, - я слишком занята».
«Не я, - сказал пес, - я слишком занят».
«Не я, - сказала гусыня, - я слишком занята».

Little Red Hen called out to the other animals on the farm:
"Will anyone help me plant this wheat?"
"Not I," said the cat, "I'm too busy."
"Not I," said the dog, "I'm too busy."
"Not I," said the goose, "I'm too busy."

Рыжая курочка и пшеничные зернышки

The Little Red Hen and the Grains of Wheat

Retold by L.R.Hen
Illustrated by Jago

Russian translation by Dr Lydia Buravova

MANTRA LINGUA

«Тогда я сделаю все сама», - сказала рыжая курочка.
Она взяла пшеничные зернышки и посеяла их.

"Then I shall do it all by myself," said Little Red Hen.
She took the grains of wheat and planted them.

Шли дожди, светило солнце. Пшеница росла, крепла и золотилась.
В один прекрасный день рыжая курочка увидела, что пшеница созрела.
Пришло время ее жать.

The clouds rained and the sun shone. The wheat grew strong and tall and golden.
One day Little Red Hen saw that the wheat was ripe. Now it was ready to cut.

Рыжая курочка позвала на помощь всех животных:
«Кто поможет мне сжать пшеницу?»
«Не я, - сказала кошка, - я слишком занята».
«Не я, - сказал пес, - я слишком занят».
«Не я, - сказала гусыня, - я слишком занята».

Little Red Hen called out to the other animals:
"Will anyone help me cut the wheat?"
"Not I," said the cat, "I'm too busy."
"Not I," said the dog, "I'm too busy."
"Not I," said the goose, "I'm too busy."

«Тогда я сделаю все сама», - сказала рыжая курочка.
Она взяла серп и сжала всю пшеницу. Потом увязала ее в сноп.

"Then I shall do it all by myself," said Little Red Hen.
She took a sickle and cut down all the wheat. Then she tied it into a bundle.

Теперь пшеницу пора было молотить.
Рыжая курочка отнесла пшеничный сноп обратно на ферму.

Now the wheat was ready to thresh.
Little Red Hen carried the bundle of wheat back to the farmyard.

И опять рыжая курочка позвала на помощь всех животных:
«Кто поможет мне обмолотить пшеницу?»
«Не я, - сказала кошка, - я слишком занята».
«Не я, - сказал пес, - я слишком занят».
«Не я, - сказала гусыня, - я слишком занята».

Little Red Hen called out to the other animals:
"Will anyone help me thresh the wheat?"
"Not I," said the cat, "I'm too busy."
"Not I," said the dog, "I'm too busy."
"Not I," said the goose, "I'm too busy."

«Тогда я сделаю все сама!» -
сказала рыжая курочка.

"Then I shall do it all by myself!"
said Little Red Hen.

Целый день молотила она пшеницу.
А когда закончила, сложила её на тележку.

She threshed the wheat all day long.
When she had finished she put it into her cart.

Теперь пришла пора перемолоть зерно в муку.
Но рыжая курочка так сильно устала, что пошла в амбар, где вскоре
крепко заснула.

Now the wheat was ready to grind into flour. But Little Red Hen was very
tired so she went to the barn where she soon fell fast asleep.

Рано утром рыжая курочка позвала на помощь
всех животных:
«Кто поможет мне перемолоть зерно в муку?»
«Не я, - сказала кошка, - я слишком занята».
«Не я, - сказал пес, - я слишком занят».
«Не я, - сказала гусыня, - я слишком занята».

The next morning Little Red Hen called out to the
other animals:
"Will anyone help me take the wheat to the mill?"
"Not I," said the cat, "I'm too busy."
"Not I," said the dog, "I'm too busy."
"Not I," said the goose, "I'm too busy."

«Тогда я сделаю все сама!» - сказала рыжая курочка.
Она взяла тележку, полную пшеницы, и покатила ее не мельницу.

"Then I shall go all by myself!" said Little Red Hen.
She pulled her cart full of wheat and wheeled it all the way to the mill.

Мельник взял пшеницу и перемолол её в муку.
Теперь нужно было печь хлеб.

The miller took the wheat and ground it into flour.
Now it was ready to make a loaf of bread.

Снова рыжая курочка позвала на помощь всех животных:

«Кто поможет мне отвезти муку к пекарю?»

«Не я, - сказала кошка, - я слишком занята».

«Не я, - сказал пес, - я слишком занят».

«Не я, - сказала гусыня, - я слишком занята».

Little Red Hen called out to the other animals:

"Will anyone help me take this flour to the baker?"

"Not I," said the cat, "I'm too busy."

"Not I," said the dog, "I'm too busy."

"Not I," said the goose, "I'm too busy."

«Тогда я пойду сама!» - сказала рыжая курочка.
И потащила она тяжеленный мешок с мукой в пекарню.

"Then I shall go all by myself!" said Little Red Hen.
She took the heavy sack of flour all the way to the bakery.

Пекарь добавил в муку дрожжей, воды, сахара и соли.
Поставил тесто в печь и испек каравай хлеба.
Когда хлеб был готов, пекарь отдал его рыжей курочке.

The baker took the flour and added some yeast, water, sugar and salt.
He put the dough in the oven and baked it.
When the bread was ready he gave it to Little Red Hen.

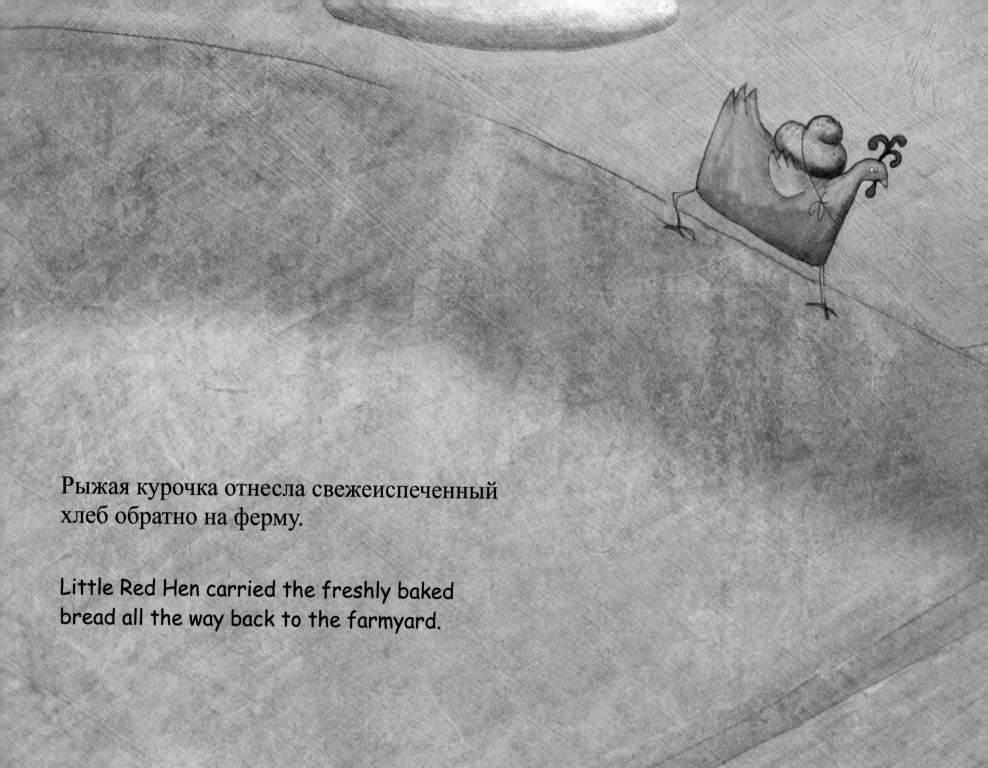

Рыжая курочка отнесла свежеиспеченный хлеб обратно на ферму.

Little Red Hen carried the freshly baked bread all the way back to the farmyard.

В последний раз рыжая курочка позвала на помощь
всех животных:
«Кто поможет мне съесть этот вкусный свежий хлеб?»

Little Red Hen called out to the other animals:
"Will anyone help me eat this tasty fresh bread?"

«Я помогу, - сказал пес, - я свободен».

"I will," said the dog, "I'm not busy."

«Я помогу, - сказала гусыня, - я свободна».

"I will," said the goose, "I'm not busy."

«Я помогу, - сказала кошка, - я свободна».

"I will," said the cat, "I'm not busy."

«А это мы еще посмотрим!»
- сказала рыжая курочка.

"Oh, I'll have to think about that!"
said Little Red Hen.

Рыжая курочка пригласила мельника и пекаря, и угостила их своим чудесным хлебом, а животным только и оставалось, что на это смотреть.

The Little Red Hen invited the miller and the baker to share her delicious bread while the three other animals all looked on.

key words

little	маленькая	clouds	облака, тучи
red	рыжая	rain	дождь
hen	курица	sun	солнце
farmyard	двор фермы	ripe	зрелый
farm	ферма	plant	сеять, сажать
goose	гусь, гусыня	cut	жать
dog	собака, пес	sickle	серп
cat	кошка, кот	bundle	сноп
wheat	пшеница	thresh	молотить
busy	занят, занята	grind	молоть

ключевые слова

flour	мука	tasty	вкусный
the mill	мельница	fresh	свежий
miller	мельник	delicious	вкусный
ground	перемолол	all	все
bread	каравай	she	она
baker	пекарь	he	он
yeast	дрожжи		
water	вода		
sugar	сахар		
salt	соль		

First published in 2005 by Mantra Lingua
Global House, 303 Ballards Lane London N12 8NP
www.mantralingua.com
Text copyright © 2005 Henriette Barkow
Illustration copyright © 2005 Jago
Dual Language text copyright © 2005 Mantra Lingua
Audio copyright © Mantra Lingua 2008
This sound enabled edition published 2019

A CIP record for this book is available from the British Library

Printed in Paola, Malta MP220219PB03192249